唸予阿母
聽的詩

——謝碧修台語詩集

含 笑 詩 叢

「含笑詩叢」總序／含笑含義

叢書策劃／李魁賢

　　含笑最美，起自內心的喜悅，形之於外，具有動人的感染力。蒙娜麗莎之美、之吸引人，在於含笑默默，蘊藉深情。

　　含笑最容易聯想到含笑花，幼時常住淡水鄉下，庭院有一欉含笑花，每天清晨花開，藏在葉間，不顯露，徐風吹來，幽香四播。祖母在打掃庭院時，會摘一兩朵，插在髮髻，整日香伴。

　　及長，偶讀禪宗著名公案，迦葉尊者拈花含笑，隱示彼此間心領神會，思意相通，啟人深思體會，何需言詮。

　　詩，不外如此這般！詩之美，在於矜持、含蓄，而不喜形於色。歡喜藏在內心，以靈氣散發，輻射透入讀者心裡，達成感性傳遞。

　　詩，也像含笑花，常隱藏在葉下，清晨播送香氣，引人探尋，芬芳何處。然而花含笑自在，不在乎誰在探尋，目的何在，真心假意，各隨自然，自適自如，無故意，無顧忌。

　　詩，亦深涵禪意，端在頓悟，不需說三道四，言在意中，意在象中，象在若隱若現的含笑之中。

含笑詩叢為台灣女詩人作品集匯,各具特色,而共通點在於其人其詩,含笑不喧,深情有意,款款動人。

【含笑詩叢】策畫與命名的含義區區在此,幸而能獲得女詩人呼應,特此含笑致意、致謝!同時感謝秀威識貨相挺,讓含笑花詩香四溢!

序詩

唸予阿母聽的詩

妳在生時
從來毋捌唸過我寫的詩予妳聽
因為華語妳聽無
自細漢妳教我的話語
佇逢強制袂使用了後
就無機會將阿母的話記錄落來
經過十外冬的時間
咱漸漸將話語權揀返來
我慢慢學用台文來寫詩

雖然有點仔遺憾
我也是佇妳的告別式
唸著彼首「生命的流轉」
感念妳對阮的晟養
阿母
我欲將數念妳的心情
用一首閣一首的詩
慢慢啊唸予妳聽

註：每首詩都另有一首華語對照，希望熟悉華語的讀者也能親近台
　　語詩。

唸給母親聽的詩

您在世時
從來沒唸過我寫的詩給您聽
因為華語您聽不懂
小時候您教我的母語
在被強制不得使用後
就沒機會將母語以文字記錄
經過十多年的時間
我們漸漸將話語權爭取回來
我慢慢學用台文來寫詩

雖然有點遺憾
我仍在您的告別式
唸著那首「生命的流轉」
感恩您對我們的培育
母親
我要將思念您的心情
用一首又一首的詩
慢慢地唸給您聽

目 次

「含笑詩叢」總序／李魁賢　003

序詩

唸予阿母聽的詩（台語）　006

唸給母親聽的詩（華語）　007

數念的心情

阿母的故事（台語）　014

母親的故事（華語）　025

離別（台語）　036

離別（華語）　038

生命的流轉（歌詞版）　040

寫一首詩（台語）　041

寫一首詩（華語）　042

白・內障（台語）　043

白・內障（華語）　045

我佮我的歐兜bai（台語） 047

我和我的摩托車（華語） 048

再會！落羽松（台語） 049

再見！落羽松（華語） 050

袂當放袂記（台語）──詩人陳千武百歲冥誕 051

無法忘記（華語）──詩人陳千武百歲冥誕 052

編織（台語） 053

編織（華語） 055

紫斑蝶密碼（台語） 057

紫斑蝶密碼（華語） 059

解讀梵谷（台語） 061

閱讀梵谷（華語） 067

四界去迌迌

2021淡水福爾摩沙詩歌節（台語） 074

2021淡水福爾摩沙詩歌節（華語） 079

三月，佇班芝花樹跤唸詩（台語） 084

三月，在木棉花樹下唸詩（華語） 085

相遇・老塘湖（台語） 086

相遇・老塘湖（華語） 087

七股國聖燈塔（台語） 088

七股國聖燈塔（華語） 089

南美館柱著洪通（台語） 090

南美館遇見洪通（華語）　092

霧中銀杏林（台語）　094

霧中銀杏林（華語）　095

高雄流行音樂中心的燈光秀（台語）　096

高雄流行音樂中心的燈光秀（華語）　098

太極兩儀池（台語）──佳冬楊家宗祠　100

太極兩儀池（華語）──佳冬楊家宗祠　101

時代的痕跡

小丑仔魚（台語）　104

小丑魚（華語）　105

病毒拜訪ㅅ春天（台語）　106

病毒拜訪的春天（華語）　108

Konbea（輸送帶）（台語）　110

輸送帶（Konbea）（華語）　112

女工的心聲（台語詩歌詞）　114

女工的心聲（華語）　116

解密──鳳山無線電信所的四季（台語）　118

解密──鳳山無線電信所的四季（華語）　121

無線的記持（歌詞版）──鳳山無線電信所　124

放袂記的話語（台語）──2022向228未亡人致敬　126

遺忘的話語（華語）──2022向228未亡人致敬　128

自由的天（台語）　130

自由的天空（華語）　132

廣場上109空空的搖囡仔車（台語）　134

廣場上109空嬰兒推車（華語）　135

勝利日（台語）　136

勝利日（華語）　138

罩袍的喃喃自語（台語）　140

罩袍的喃喃自語（華語）　142

數念的心情

阿母的故事

佇母親節這工
夢中我牽著妳的手
踏上回鄉路途
敢猶閣會記得60外冬前的情景
咱攏去坐「公路局」
汽車行佇高南公路頂
路的二爿土檨仔開始結果
阮歡喜會當去聽阿公的古董唱盤
佇大大的門口埕耍

1.童年

逐擺欲轉去草地時
咱攏會佇興南客運佳里站盤車
故鄉的滋味佇對面街頂撨手
蚵嗲　鹹粿炸　白糖粿

石頭路頂的大欉榕仔擋落車
咱行入塗沙小路
妳講阿公以早是保正
土地真濟算好額人
別人欣羨但恁甘苦
四五歲就愛鬥相共
阿舅去讀冊
妳查某囡仔愛鬥作穡顧小妹

經濟匱欠的年代
飼豬飼雞飼鴨較贏飼查某囝
六畜會使食會使賣毋免了嫁妝
二位小妹爭取欲讀冊
妳已經錯過讀冊的年歲
這是妳上大的遺憾

2.結婚

少女一蕊花
只有佇厝內佮田園來回飛
擔番薯　削甘蔗　割稻仔
彼陣24姑娘猶（iáu）未嫁
會予人笑欲食娘嬭（niû-lé）
媒人婆踏破門瓦幾若塊
最後二舅作主將妳配
阿嬤嫌散毋甘放

阿爸古意名聲傳公所
歡喜女方家世好
雖無讀冊骨力做
緊攢（tshuân）聘禮通娶某

婚後三工找無新郎的uai-siat-tsuh
原來是共朋友借來顧面子

才知散赤的程度到這款
咬著啄齒根拍拼做
三四分地兄弟公家的
閣愛栽培二个小叔來讀冊
命中無通清閒莫怨嘆
同輩查某人攏全款

3.生囝

結婚頭年就有身
穡頭無閒操甲囝仔欲出世
只有三工歇睏來養身
順利二女一男綴身邊
我第三查某囝講飼袂起
送予人做新婦仔妳不得已
走去後尾程哭二三工
想來想去心毋甘
趕緊將我抱轉才輕鬆

尾囝出世半工著去鬥收成
毋免肖想欲作月內
一隻麻油雞就解決
阿姨定定奉命紮糧食來
若無身體拍歹是無塊哀
生做查某人就愛認命
共田園交陪較實在

4.來去都市

13冬日子若干樂
阿叔轉來鼓舞賣田地
來去都市做生理較快活
毋免吹風曝日沃雨水
阿爸管數（siàu）妳管灶跤

繁華高雄港都生疏味
躊佇鬧熱菜市仔邊

三頓愛款16人飯
鋤頭扁擔換鱟桸（hāu-hia）飯篱（pōg-lē）
嘛是大粒汗細粒汗
這時陣妳佇姊妹仔內
頭擝會懸心開花

草地親情序細攏來倚靠
希望牽成會當做頭家
阿叔有意來擴大
百貨批發買賣真興旺
全省店家是到桃園

5.生理失敗

梟雄阿叔私心變
利純好貨家己攬
頭家名義換阿爸做

支票一張一張一直開
貨款無來入公房

倒數連連損害本
大樹袂堪風颱作
被告詐欺退票走法院
阿叔說已分家無伊代
厝被拍賣借蹛阿舅兜

6.查某囝病變

厝漏偏偏搪著作風颱
查某囝著骨癌講愛鋸跤
中醫西醫問神逐項來
頂世人敢有歹積德
才來害伊這世人無奈
陪伊倒佇病院目屎流

凡勢留佇庄跤就無代
以後日子是欲怎排解

7.重建家業

佳哉阿舅鬥相共
引頭路阿爸愛去佳里做
機車來去路途遠
咱嘛將客廳作工場
縫（pang）衫　糊紙袋仔　貼金銀箔仔
漸漸累積倯本重買厝

妳千交代萬叮嚀
叫阮五個囡仔認真讀冊
毋通像妳青暝牛予人看無起
阮嘛無予妳失望
每人攏有好頭路
予妳佇親情朋友面前徛會起

8.讀暗學仔

清閒的歲月妳有過過
看新聞時阿爸會共妳解說
妳心頭放袂落毋捌字的痛
60外冬的日子
干焦會曉數字佮家己的名

朋友招欲去讀暗學仔
ㄅㄆㄇㄈ　一劃一劃寫
真歹勢
阮攏無想著妳的心事
抱著妳的期待自顧打拼
看妳佇燈下寫到三更暝半
教妳寫筆劃錄讀音
陪妳迒過這坎坷山嶺

可惜半冬妳著攑白旗
感嘆
田地已經拋荒有碚碚（tīng-khok-khok）

9.失智歲月

艱苦的過去無愛提起
上驚歌仔戲哭哭啼啼
勤儉的食食（tsiah-sit）傷腰子
帕金森症偷去妳的記持
定定講欲去巡田水

一生的酸甘苦攏放袂記吧
毋免煩惱雞鴨無人飼
毋免操心囡仔序細代
毋免鬱悶予人看無起
阿母　將退放風飛
妳只要坐踮門跤口

看來來去去的車輛
看公園的花開花謝

10.放下

妳欲離開的時陣無言語
妳目睭游離囝孫的面頂
阮恬恬牽著妳的手
不忍閣再出聲挽留妳跤步
最後十冬妳恬靜的陪伴
予阮心中已經無遺憾

去吧　阿母
阮知影妳會是天頂的一粒星
永遠佇遐看顧

2022.04

母親的故事

在母親節這天
夢中我牽著您的手
踏上回鄉路途
還記得60多年前的情景
我們都會搭「公路局」
汽車行走在高南公路上
路的兩旁土芒果已開始結果
我高興能去聽外公的古董留聲機
在寬闊的三合院庭前玩耍

1.童年

每次要回去鄉下時
都會在興南客運佳里站轉車
故鄉的滋味在對街招手
蚵嗲　鹹粿炸　白糖粿

石頭路上的大榕樹招呼下車
我們走入沙塵小路
您說外公以前當過保正
土地很多算是富有人家
別人羨慕但您們喊苦
四五歲就要幫忙家事農事
舅舅去上學
大姊的您還要照顧妹妹

經濟匱乏的年代
寧飼養家禽家畜不想養女孩
六畜可吃可賣不必準備嫁妝
二位阿姨爭取要讀書
奈您已經錯過學齡
這是您最大的遺憾

2.結婚

青春少女一朵花
只能在家裡跟田園間來回奔走
挑番薯　削甘蔗　割稻子
那時24歲姑娘猶未嫁
鄰里笑稱老姑婆
媒婆踏破門磚好幾塊
最後二舅作主將您配
外婆嫌窮不捨放

阿爸憨厚名聲傳公所
歡喜女方家世好
雖沒讀書很肯做
趕快準備聘禮好迎娶

婚後三天遍尋不著新郎白襯衫
原來是向朋友借來裝門面

才知家窮的程度
咬著牙根打拼做
三四分田地是兄弟共有
還要栽培二個小叔讀書
命中不得清閒莫怨嘆
同輩女人都被如此對待

3.生育

結婚第一年就懷孕
農事忙到孩子出生前
只有三天休息養身
順利二女一男圍身邊
嫌我第三女兒賠錢貨
送給人做童養媳您不捨
躲去後院哭二三天
趕緊將我抱回才甘休

小兒落地半天就去忙收割
別奢想要作月子
一隻麻油雞就解決
阿姨常常奉命送糧食來
否則身體搞壞是無處訴
生為女人就要認命
與田園共處較實在

4.來去都市

13年日子如陀螺
阿叔回鄉遊說賣田地
去都市做生意較快活
不必風吹日曬受雨淋
阿爸管帳您管廚房

繁華高雄港都陌生地
家在熱鬧市場邊

三餐要煮16人餐
鋤頭扁擔換湯杓鍋鏟
都是汗珠滴滴落
這時的類闊娘身分
是您抬得起頭的時光

鄉下親戚後輩都來倚靠
希望學成能自立家業
阿叔有意來擴大
百貨批發買賣真興旺
全省店家拓展到桃園

5.生意失敗

梟雄阿叔私心變
利潤好貨自己攬
老闊名義換阿爸

支票一張一張開
貨款不見入公帳

倒帳連連蝕資本
大樹哪堪作颱風
被告詐欺退票法院傳
阿叔說已分家忙撇清
家被拍賣借宿阿舅處

6.女兒病變

屋漏偏逢連夜雨
女兒罹患骨癌須截肢
中醫西醫問神卜卦樣樣來
是前輩子未積德
才害她這輩子得重症
陪她倒在病床淚漣漣

也許留在鄉下就不會患這病
以後日子該如何過

7.重建家業

好在阿舅相扶持
叫阿爸去佳里工廠做
機車來回路途遠
我們也將客廳當手工廠
縫布邊　糊紙袋子　貼銀箔金箔
漸漸累積購屋本

您千交代萬叮嚀
要咱五個小孩認真讀書
別像您文盲讓人看不起
我們也未讓您失望
每人都有好工作
使您在親友前有面子

8.讀夜間識字班

清閒的歲月妳有過
看新聞時阿爸會跟妳解說
妳總是放不下文盲痛
60多年的日子
只會寫數字和自己名字

朋友邀您一起讀夜間識字班
ㄅㄆㄇㄈ　一劃一劃寫
真慚愧
我們都沒在意您的心事
自顧完成您的期待打拼
看您在燈下寫到三更半夜
教您寫筆劃錄讀音
陪妳跨過這坎坷山嶺

可惜半年您就舉白旗
感嘆
學習田園已成乾涸荒地

9.失智歲月

艱苦的過去不想提起
最怕歌仔戲的哭哭啼啼
勤儉的飲食招來糖尿病
帕金森症偷去您的記憶
常常喊要去巡田水路

一生的酸甜苦澀忘了吧
不必煩惱雞鴨無人餵
不必操心兒女大小事
不必鬱悶讓人看不起
阿母　將那些隨風飛
您只要坐在門口

看來來去去的車輛
看公園的花開花落

10.放下

您要離開的時候無法言語
您目光游離在子孫臉上
我們靜靜牽著您的手
不忍心再出聲挽留
最後十年您安靜的陪伴
讓我們心中已無遺憾

去吧　阿母
我們知道您會是天上的一顆星
永遠遙望看顧

離別

一

我惦惦看妳安詳的面容白蒼蒼
親像你看我囡仔嬰睏甜甜的幼紅

你用一片一片的尿苴仔
層層疊出我的年紀
我卻一片一片抽出
妳那來那弱的氣絲

我嘴內唸唱的阿彌陀佛
親像妳對我喃喃的搖囝仔歌

當阮大家陪伴佇妳身邊
月眉光下
妳煞輕輕撒手
向95冬的一生

二

火化時
禮儀師帶領家屬喊叫
「阿母，看著火你著緊走，綴菩薩去～」

阿母你寬寬仔行
予熱火
捨去衰弱的肉體
提煉出淨化的靈魂

三

思念妳
佇微微仔光的早起
迷賴佇眠床頂
感受覽抱妳的
溫暖

2019.1母逝滿月

離別

一

我靜靜望著您蒼白安詳的面容
有如您曾看著我紅嫩甜密的睡臉

您用一片一片的尿片
層層疊出我的年紀
我卻一片一片抽出
您越來越弱的氣息

我口中唸唱的阿彌陀佛
有如您對我低吟的搖籃曲

當我們守候在您身邊
月光下
您輕輕揮手
向95年的一生

二

火化時
禮儀師帶領家屬喊叫
「阿母，看到火您要趕緊走，跟菩薩去～」

阿母您慢慢走
讓火焰
熔化衰弱的肉體
提煉出淨化的靈魂

三

思念您
在微亮的晨光中
恬靜賴著一床棉被
感受擁抱您的
溫暖

生命的流轉
（歌詞版）

我恬恬看妳安詳的面容白蒼蒼
親像你看我囡仔嬰睏甜甜的幼紅

你用一片一片的尿苴仔
層層疊出我的年紀
我卻一片一片抽出
妳那來那弱的氣絲

我嘴內唸唱的「阿彌陀佛」
親像妳對我喃喃的「搖囝仔歌」

佇月眉光下
妳輕輕撆手離開
希望妳會化作一隻尾蝶仔
定定來阮的小花園　相會

寫一首詩

寫一首詩予孤單的雲
四界吟唱的靈魂
寫一首詩予浮沉的溪
淘洗歲月的傷痕

寫一首詩予他鄉的伊
海洋飄浪的孤帆
寫一首詩予天頂的妳
遙遠相向的天星

快樂的時陣詩短短
悲傷的時陣詩長長
寫會盡　春　夏　秋　冬
寫未盡　悲　歡　離　合

2021

寫一首詩

寫一首詩給孤單的雲
四處吟唱的靈魂
寫一首詩給浮沉的溪
淘洗歲月的傷痕

寫一首詩給他鄉的伊
海上飄泊的孤帆
寫一首詩給天上的您
遙遠對望的天星

快樂的時候詩短短
悲傷的時候詩長長
寫得完　春　夏　秋　冬
寫不盡　悲　歡　離　合

白・內障

一、

有一種白
無聲無說用白紗
予你的目睭
漸漸看不清
真相

有一種紅
用錢趖入去褲袋仔
（躡腳步、用盡辦法）
予你的頭殼
慢慢無法度分辨
色彩

二、

手術前
只要挈掉眼鏡
霧霧即是放空

手術後
看清所有的真面目
植入的晶體
無法度清掉記錄
已經無放鬆的日子

白・內障

一、

有一種白
無聲無息用白紗
讓你的眼
漸漸看不清
真相

有一種紅
匍伏錢進口袋
（躡手躡腳、用盡辦法）
讓你的腦
慢慢無法分辨
顏色

二、

手術前
只要拿掉眼鏡
模糊即是放空

手術後
看清所有的真面目
植入的晶體
無法取出的記錄
再無放鬆的日子

2019.12
《笠》336期.2020/4
選入2020年台灣現代詩選

我佮我的歐兜bai

歐兜bai
是我的翼股
捒（tshuā）我向前飛
離開生活中的束縛
跳脫查某人的限制
阮嘛有真濟夢想欲找

是按怎咱行袂開跤
家庭硩（teh）佇咱的肩胛
等到囡仔大細攏離跤手
心肝才會開闊

這馬我欲扞（huānn）家己的handoru
自由自在四界凸
歐兜bai
是愛神的弓
將我射向天邊海角

我和我的摩托車

摩托車
是我的翅膀
帶著我向前飛
離開生活中的束縛
跳脫女人的限制
我也有許多夢想要追

為何我們總無法邁開腳步
家庭的傳統框架在肩上
等到雛鳥都飛離巢
心情才能海闊天空

現在我要掌握自己的方向盤
自由自在到處遊
摩托車
是愛神的弓
將我射向天涯海角

再會！落羽松

佇恁對青澀轉作微紅的時陣
阮來到恁曠闊的田岸
為恁上舞台的預演拍噗仔
按青青面牆探出的閉思
予阮充滿期待
恁大紅的風景

對面程的油菜花嘛地期待
雖然只有短短二個月
面對焦裂的土地
相爭開出延續生命的花籽

恁用上熱情的舞步
向蒼天祈求
留下上嬌的形影

再見！落羽松

當你們由青澀轉微紅的時候
我來到這寬闊的田野
為你們上舞台的預演鼓掌
從一面面綠牆探出的嬌羞
讓我充滿期待
大紅奔放的光景

田園的油菜花也在期待
雖只短短二個月花期
面對乾裂的土地
競相開出延續生命的花種

你們用熱情的舞步
向蒼天祈求
留下最美的身影

袂當放袂記
——詩人陳千武百歲冥誕

從來毋捌注意您已經離開幾冬
只有寫毋出詩的時
會懷疑〈寫詩有什麼用〉
我嘛想無

毋閣我若讀詩
著袂記得穩心情
讀著充滿感情的詩
予阮目眶紅紅
讀著批評不公不義的現實詩
予阮透出心內鬱卒
讀著正劚倒洗的詩
予阮拍噗仔展笑面

雖然詩壇可能漸漸無提起您
毋閣您已經永遠活佇
本土根球的詩史內面

無法忘記
——詩人陳千武百歲冥誕

從來沒注意您已經離去幾年
只在寫不出詩的時候
會懷疑〈寫詩有什麼用〉
我也想不透

不過當我讀著詩
就會忘記不好的心情
讀著充滿感情的詩
讓我眼眶紅紅
讀著批評不公不義的現實詩
讓我也抒放心內鬱卒
讀著揶揄諷刺的詩
讓我拍案叫絕

雖然詩壇可能漸漸少提起您
不過您已經永遠活在
本土根球的詩史

編織

一針一針
出出入入
長針勾出快樂的童年
短針隱藏受傷的小心靈
長針拉出歡樂的青少年
短針掩蓋著忤逆（ngóo-gik）
長針加針織出婚後的甜蜜
短針鑿（tshåk）著無法度言說的空岫
長針長長拉向期待的未來
短針只想趕緊縮短秧堪的歲月

將過去的不如意凸出去
將期待的歡樂勾入來
將現在的迷惘凸出去滿足勾入來
將未來的不確定凸出去自在勾入來

完成的圖面
可能是黑白

可能是七彩

偌濟你歡喜的色彩

不管按怎

攏是自己編織出來的人生

編織

一針一針
出出入入
長針勾出快樂的童年
短針隱藏受傷的小心靈
長針拉出歡樂的青少年
短針掩蓋著叛逆
長針加針織出婚後的甜蜜
短針戳著無法言喻的空巢
長針長長的拉向期待的未來
短針只想快快縮短不堪的歲月

將過去的不堪推出去
將期待的歡樂勾進來
將現在的迷惘推出去滿足勾進來
將未來的不確定推出去自在勾進來

完成的版圖
也許是黑白

也許是彩虹

多少你喜歡的色彩

不管怎樣

都是自己編織出來的人生

紫斑蝶密碼

1

恁將色彩鎖佇日頭內
日頭光下才願意展現
翅股迷人紫藍色光彩
無光的日子甘願恬靜等待
眾人才有期待的舞海

每冬恁隨溫暖的氣流來到南方
山谷過冬無寒霜
受到嬌客的款待
Long stay的甜蜜時光
有了愛的眠床佮花園

不閣猶原數念故鄉安寧
綴著熟識的日頭氣味
佇春風微微的清明
恁成群飛向回鄉的路程

沿路的住民終有發現恁的影跡
設法架網維持安全重重
每冬這條美麗蝶道
是人蝶合演上嬌的風景

2

有人說
恁前世是一蕊花
這世化作蝶魂返來走揣
順氣流擔著日頭飛
毋管路程百里遠
毋管生命只有六個月
展開閃閃熠熠的翅尾
用紫藍色彩畫
一冬一擺作伙
將花蕊稀微記持來挽回

紫斑蝶密碼

1

將色彩鎖藏光叢內
太陽光下才願意展現
羽翅的迷人紫藍光彩
無光的日子寧願恬靜等待
讓眾人期待想望的舞海

每年冬天隨溫暖的氣流來到南方
山谷過冬無寒流
受到嬌客的款待
Long stay的甜蜜時光
飛舞在愛的花床

不過仍想念故鄉的安寧
隨著熟悉的陽光暖頻
在春風微涼的清明時節
成群攜幼飛向回鄉的旅程

沿路的住民終於發現你們的影踪
設法架網維持安全航道
每年這條美麗蝶道
是人蝶合演最美的風景

2

有人說
你前世是一朵花
今生化作蝶魂來尋愛
順氣流循著太陽軌道飛
不管路程百里遠
不管生命只有六個月
展開閃閃爍爍的羽翅
用紫藍色彩
一年一次　共同
將花朵遙遠的記憶重現

解讀梵谷

普羅旺斯的日頭
燒熱了你生命的色彩
燒熱了你的尾蝶花
燒熱了你的天星
火焰了你的日頭花
火焰了你的麥田
火焰了你的雲彩
照光你黑白的人生
燃（hiânn）著你最後的孤獨

浴火的十年歲月
永遠袂溫爛

日頭花（一）

你歡喜像日頭花
佇日頭光下
享受溫暖的攬抱

色彩毫無顧慮轉換
親像內心的波浪
激動的春天
綴爆開的花蕊
燒熱著驚喜的目睭

──回應林鷺〈春之梵谷〉

2020.03

日頭花（二）

日頭花
是友誼的花蕊
黃色
是友誼的色水
為迎接高更來作伙
期望
予暗室充滿光彩

日頭花成為千年傑作
友誼的光芒金鑠鑠

可惜現實真正殘酷
人我之間的感情有夠脆弱
彼个無情幹身的利箭
射熄日頭花的光彩
伊只有逐工
攑頭追問天

2020.03

嘉舍醫師

除了西奧小弟
你是梵谷上接近的醫生朋友
欣慕伊的圖又閣怨妒
你高尚的身分無法掌握畫筆

照顧伊的精神狀況
卻是拉不牢起狂的馬隻

你看伊的眼神
予伊看著家己
佇礦區傳教時看遐的
予散赤受困低層的憐憫
上帝聽袂到梵谷伊的祈禱

上帝嘛聽袂到你為伊的祈禱
當伊攑槍自殺
你無力佇身邊守候
想，可能是
上好的解脫

──回應林鷺〈憂心梵谷〉

2020.03

吃馬鈴薯的一家伙仔

攬抱黑暗
看袂著光爍的日頭光
查甫人日時深入礦坑
走找好額人的礦脈
挖歹一家人的生脈
暗時只有一葩煤燈火
查某人捀（phâng）出田底挖的馬鈴薯
啉著黑咖啡
燒烙規日的疲勞

攬抱痛苦
畫筆留下彼永久的圖面
你的黑白
個的烏暗

攬抱上帝
若準這是個的考驗

你甘願以身救贖
教會無法度認同你
予恁更加無奈

2022.5.

破鞋

陪你行向野外
無數的寫生畫圖
日曝雨沃的摧損
鞋面全全皺痕
佮你共款殘破歹看
閣勉強徛挺挺

你真毋甘
將伊畫落來
留著彼段艱苦的陪伴

2022.5

閱讀梵谷

普羅旺斯的太陽
灼熱了你生命的色彩
灼熱了你的鳶尾花
灼熱了你的星空
火焰了你的向日葵
火焰了你的麥田
火焰了你的雲彩
照亮你黑白的人生
燃燒你最後的孤獨

浴火的十年歲月
不朽於死後的世界

向日葵（一）

你喜愛有如向日葵
在陽光下

享受溫暖的擁抱
色彩肆無忌憚奔放
有如內心的澎湃
蠢動的春
隨爆裂的花朵
灼熱驚訝的眼

──回應林鷺〈春之梵谷〉

向日葵（二）

向日葵
是友誼的花朵
黃色
是友誼的顏色
為迎接高更的到來
期盼
讓暗室充滿亮光

向日葵花成為千年傑作
閃亮著友誼光芒

可惜現實何其殘酷
人我之間的感情何其脆弱
那無情轉身的利箭
射殺向日葵的顏色
它只有天天
仰天追問

嘉舍醫師

除了西奧弟弟
你是梵谷最相近的朋友吧
欣賞他的畫卻又嫉妒
你高尚的身分無法駕馭的畫筆
照顧他的精神
卻拉不住脫韁的馬

你看他的眼神
讓他看到自己
在礦區傳教時看那些
為窮所困底層的悲憫
上帝聽不到梵谷為他們的禱告

上帝也聽不到你為他的禱告
當他舉槍自盡
你無力在側守候
想，或許是
最好的解脫

───回應林鷺〈憂心梵谷〉

吃馬鈴薯的人家

擁抱黑暗
見不著光燦的陽光
男人白天深入礦坑

尋找富人家的礦脈
挖殘一家人的生脈
晚上只有一盞煤燈
婦人端出田裡挖出的馬鈴薯
配上黑咖啡
熱騰一日的疲累

擁抱痛苦
畫筆留下那永恆一刻
你的黑白
他們的灰暗

擁抱上帝
如果這是他們的考驗
你願以身救贖
教會無法認同你
讓你們更無助

破鞋

陪你走向野外
無數的寫生路
日曬雨淋的歲月
鞋面佈滿皺紋
與你同樣殘破不堪
仍勉強挺立

你猶不捨丟棄
以圖立碑
留住那段艱辛

四界去迌迌

2021淡水福爾摩沙詩歌節

詩的草仔粿
──佇石牆仔內古厝DIY

傳統菜市仔內
攏看會著這款
佇早期艱難生活中
用大地滋養的
鼠鞠草　艾草
包著鹹鹹甜甜的
菜脯米　紅豆沙
顧腹肚　安慰稀微心情

今仔日佇大榕仔下
一粒包著忠寮的熱情
一粒包著石牆仔內的古典
一粒包著淡水的紅日頭
咱用詩捏出真濟的懷念
安慰憂悶的心靈

雙抱樹

我欲予你攬牢牢
因為想欲倚靠你
以為你有開闊的胸坎
會當溫柔牽阮行
吃苦阮毋驚
向望你會抵擋
不時地擾亂的數想者

你欲甲阮攬牢牢
看阮這塊田園真正嫣
看阮樸實閣軟洈
展出你粗勇的手把
限制阮踮你的目光跤
袂使反悔共你辭
阮只有忍受來拖磨

啊！攏是
厝角鳥仔亂點鴛鴦譜
雄狂甲咱揀作堆
好緣穠綠攏過了
幾若十冬嘛袂全心
你這馬煞佮趕走你的
冤仇人偷來暗去
阮決定
賭一枝骨嘛欲勇敢
作家己

＊雙抱樹：石牆仔內門口破布子樹被鳥雀叼來的島榕寄生，纏繞共生
百年。

淡水散步

1.

小船
每工用欣羨的目光
看尾暗仔燒燙的日頭
展開燦爛的翼股
跳落藍海開闊的胸坎
頕頭看
隱藏水底的索仔
縛牢牢
寂寞的心情
只有流浪的風知影

2.

淡水岸邊

憂愁的跤步

清風來吹散

想欲讀出波動的密碼

水流已經送出帆

紅霞彩畫百款面貌

日子好穩攏愛過

對看觀音山

烏雲走離心頭定

2021淡水福爾摩沙詩歌節

詩的草仔粿
——佇石牆仔內古厝DIY

傳統菜市場內
都看得到這食物
在早期艱困生活中
用大地滋養的
鼠鞠草　艾草
包著鹹鹹甜甜的
菜脯米　紅豆沙
填飽肚　安慰寂寞心情

今天在大榕樹下
一個包著忠寮的熱情
一個包著石牆仔內的古典
一個包著淡水的夕陽
我們用詩細捏許多的懷念
安慰鬱悶的心靈

雙抱樹

我要讓你抱緊緊
因為想要倚靠你
以為你有開闊的胸襟
會溫柔牽我同行
吃苦我不怕
期望你會抵擋
時常來騷擾的併吞者

你想把我抱緊緊
看我這塊田園是寶地
看我樸實又軟弱
伸出你粗壯的臂膀
限制我走出你的視界
無法後悔將你趕
只有忍受你的折磨

啊！都是
麻雀亂點鴛鴦譜
讓你匆忙踏入這塊土地
好緣歹緣都如雲煙
好幾十年都無法同心
現在卻跟趕盡殺絕你的
舊仇人眉來眼去
我決定
剩一枝瘦骨頭也要勇敢
作自己

淡水散步

1.

小船
每天用羨慕的眼光
看黃昏燒燙的夕陽
展開燦爛的翅膀
飛躍藍海開闊的胸膛
低頭看
隱藏水底的繩索
纏綁岸邊
寂寞的心情
只有流浪的風知曉

2.

淡水岸邊

憂漫的腳步

被清風吹散

想解讀波動的密碼

水流已送出海口

紅霞彩繪觀望的面孔

日子好壞仍須面對

相望不厭觀音山

烏雲揮散心禪定

三月，佇班芝花樹跤唸詩

春風微微送日光

沿路徛齊齊的詩句

疊出吸引跤步的台灣詩路

班芝花樹跤

我唸現代詩

小提琴牽引若有若無

妳吟古典詩

琵琶急催如雨如雷

咱攏真佮意用母語

發出心腹內的話

一字一字

翻出心肝底的不平

一句一句

像班芝花的柑仔紅

燒烙了春天的喉頓

三月，在木棉花樹下唸詩

微微春風送暖光

詩句排隊

疊出吸引腳步的台灣詩路

木棉花樹下

我唸現代詩

小提琴聲若有若無

妳吟古典詩

琵琶急催如雷如雨

我們都喜歡用母語

發出內心的話

一字一字

翻出心底的不平

一句一句

像木棉花的橘

燒紅了春天的臉頰

相遇・老塘湖

這馬上蓋流行「穿越劇」

迒過戶橂

古城門古樓窗古街路

一群古早時代的美女

佇彎橋頂賞景歇相

按都市落下來的遊客

攏感覺家己迷失佇過去

殘破的城牆

紅磚土角厝

大紅鼓仔燈四界掛

失落的美感

行到湖邊

遠方青翠的仙島咧搩手

啊！有竹筏仔

愛搝索仔自渡

才會當到彼岸

註：
1.迒過戶橂：跨過門檻
2.鼓仔燈：燈籠
3.搝索仔：拉繩索

相遇・老塘湖

現在最流行「穿越劇」
跨過門檻
古城門古樓窗古街道
一群古代美女
在拱橋上賞景拍照

從都市來的遊客
都把自己迷失在過去
殘破的城牆
紅磚土角厝
大紅燈籠高掛著
失落的美感

散步到湖邊
遠方青翠的仙島在揮手
啊！有竹筏船
要拉纜繩自渡
才會到彼岸

七股國聖燈塔

台灣的極西點燈塔

你孤單恬恬徛佇遐

單純的骨架

予人一眼就看迵（thàng）過

雖然無法度佮巴黎鐵塔比並

嘛是予遠方漁船一點光明

沙洲頂的燈塔佮防風林

曾經予風颱甲崩落

徙位（suá-uī）也無法度抵擋

海風滾絞的海沙

疊成一片美麗沙丘

摸出你咱美感的距離

2021.4

註：

1.看迵過：看透

七股國聖燈塔

台灣的極西點燈塔
孤單靜默聳立沙洲上
單純的骨架
讓人一眼就看穿
雖然比不上巴黎鐵塔
也是遠方漁船一盞明燈

沙洲頂的燈塔與防風林
颱風來時曾崩落
移位也無法抵擋
海風翻滾的海沙
鋪蓋成一片美麗沙丘
拉出你我美感的距離

南美館柱著洪通

真久沒你的消息
以為予世間人放袂記
當年你大紅的圖
充滿台灣廟宇符號的趣味
真失禮
當時17歲的我
感覺遐只是樸實的圖騰

這擺會當好好進入你畫中的心靈
真幼路的線條
展現出對畫圖的專心
你的心內裝真濟人頭
是身為乩童的掛心嗎
你異想天開的畫風
可比西班牙的米羅
你佇困苦環境中
創造出美麗的花園

我恬恬散步佇畫中彎幹的路徑
發現真濟早期農村生活中的物件
有生命的力量
沉入禪繞中的寧靜

南美館遇見洪通

很久沒你的消息
以為你已從世人記憶中消失
當年你大紅的圖畫
充滿台灣廟宇符號的趣味
很抱歉
當時17歲的我
感覺那只是樸拙的圖騰

這次能好好進入你畫中的心靈
非常細緻的線條
展現出對畫圖的專心
你的心內裝滿人頭像
是身為乩童的掛心嗎
你異想天開的童趣畫風
可比擬西班牙的米羅
在困苦環境中
創造出美麗的花園

我慢步在畫中彎曲的路徑
發現記錄早期農村生活中的物件
感受生命的力量
沉浸禪繞中的寧靜

霧中銀杏林

遠遠鐘聲輕輕響起
妳青春的影跡向我攄手
尾娥仔的姿勢
堅持停佇樹尾頂
展出成熟的色彩

風毋甘拍斷
放袂落的夢
雺霧共真相一層一層
抹白

霧中銀杏林

遠處鐘聲輕輕響起
妳青春的形影向我招手
蝴蝶的姿勢
堅持停息樹梢頭
熟成秋天的顏色

風捨不得打斷
放不下的夢
雲霧把真相一層一層
抹白

高雄流行音樂中心的燈光秀

坐佇光榮碼頭岸邊
對岸珊瑚礁群燈火閃爍
起舞的姿勢
大家恬恬期待

拉開烏色天幕
阮行入光影迷境
是誰人咧探照
四方射過來的光束
無法度閃避
一股魔力
予人袂記著身在何處

目睭綴五彩投射光線轉踅
耳空交響樂有時柔和有時激動
鼻空內海鹽的臊味走闖
心中幸福的滋味絞滾

烏暗的天頂　突然
開出一蕊一蕊彩色的夢

　　　　　　2022元宵節

高雄流行音樂中心的燈光秀

坐在光榮碼頭岸邊
對岸珊瑚礁群燈火閃爍
起舞的姿勢
大家靜靜期待

拉開黑色天幕
走入光影迷境
是誰在探照
四方射過來的光束
無法閃避
一股魔力
讓人不知身在何處

眼光隨五彩投射光線旋轉
耳旁交響樂有時柔和有時激動
鼻腔內海鹽的腥味流竄
心中幸福的滋味翻滾

烏黑的天空　突然
開出一朵一朵彩色的夢

太極兩儀池
──佳冬楊家宗祠

坐陣佇入口水池內
陰陽氣場轉踅
一股神秘氣流
將我的心安搭

風　恬恬傳送
有日頭才有塗跤頂的烏影
春天花開　秋天落葉
變佮不變　生滅現象

太極兩儀池
──佳冬楊家宗祠

坐鎮入口池塘內

陰陽氣場輪轉

一股神秘氣流

將我心安住

風　靜靜傳說

有陽光才有陰影

春天花開　秋天落葉

變與不變　生滅現象

時代的痕跡

小丑仔魚

我是人人愛看的小丑仔魚

有顯目的色水

摸著自由的尾溜

佇清氣的水內泅來泅去

啊～我是自由可愛的小丑仔魚

有人想欲佮我仝款「吸睛」

爬去樹頂抓蠓仔岫

愛膨風‧歇五彩夢

交跤行路閣無尾溜

予人看鬧熱　　毋知變啥蟮

啊～伊是愛作秀像小丑仔的魚

啊～我是自由可愛的小丑仔魚

　　　伊是愛作秀像小丑仔的魚

2019.02

小丑魚

我是人人愛看的小丑魚
有醒目的色彩
擺著自由的尾巴
在乾淨的水族缸裡
游來游去
啊～我是自由可愛的小丑魚

有人想跟我一樣「吸睛」
爬去樹上要找蚊子窩
愛吹牛‧亂噴五彩夢
雙腳交疊學走路
讓人看熱鬧　不知變啥把戲
啊～他是愛作秀像小丑的魚

啊～我是自由可愛的小丑魚
　　他是愛作秀像小丑的魚

病毒拜訪ㄟ春天

2020的年初
病毒偷偷附身人身軀
坐飛行機　來過年
啊！煞毋返去

春天的樹仔咧吐穎
春天的花蕊當咧開
袂當去賞花解憂悶
予病毒圍攻的人
「天天戴口罩」
不敢黑白走
不敢坐火車
不敢坐高鐵
上驚坐飛行機
上驚去病院
將家已關禁閉
只好佇網路

走揣
清氣的春天

病毒病毒緊返去
病毒病毒緊返去

2020.3

病毒拜訪的春天

2020的年初
病毒偷偷附身人體
搭飛機來過年
啊！竟然不離去

春天的樹正吐新芽
春天的花朵到處開
無法去賞花解憂悶
我們被病毒圍攻
「天天戴口罩」
不敢亂亂跑
不敢坐火車
不敢坐高鐵
最怕坐飛機
最怕去醫院
將自己關禁閉
只好在網路

尋尋覓覓
乾淨的春天

病毒病毒快回去
病毒病毒快回去

Konbea（輸送帶）

佇國家經濟艱難的時陣
加工區的Konbea齊震動
各地青年少女遐入來
透早透晚腳踏車緊來踏
海岸對面風湧來風湧去
遐阿遐～遐阿遐～
遐出疊懸懸的外匯
遐出台灣發展的好名聲
啊～彩色的Konbea

佇困苦的60年代
為著厝內的父母
無論甘願抑不甘願
阮被送上Konbea
遐阿遐～遐阿遐～
遐出阮青春苦澀的目屎
遐出阿爸阿母面頂的笑容
啊～烏白的Konbea

踅阿踅～踅阿踅～
佇佮家俬工廠踅來踅去
佇窄擠的空間踅來踅去
對少年踅甲頭鬃白
逐个產品攏有我的青春佮汗血
踅出我的小家庭
踅出阮心內的新聲
啊～充滿向望的Konbea

2021.02

輸送帶（Konbea）

在國家經濟艱困的年代
加工區的Konbea轉動起來
各地青年少女湧進來
清晨黃昏腳踏車用力踩
從海岸對面搭船浪來浪去
轉阿轉～轉阿轉～
轉出疊高高的外匯
轉出台灣發展的好口碑
啊～彩色的Konbea

在困苦的60年代
為了貧困的父母
不論甘願或不甘願
我們被送上Konbea
轉阿轉～轉阿轉～
轉出我們青春苦澀的淚水
轉出阿爸阿母臉上的笑容
啊～黑白的Konbea

轉阿轉～轉阿轉～

在住家和工廠間轉來轉去

在生產線上轉來轉去

從年少轉到頭髮灰白

每個產品都有我的青春血汗

轉出我的小家庭

轉出我心底的新聲

啊～充滿期望的Konbea

女工的心聲
（台語詩歌詞）

海湧絞滾海風凍
海上孤帆前途茫茫
想欲繼續讀冊煞袂當
只好借身份證做女工
線上緊張雙手一直動
我是線頂小螺絲無我是毋通

黃昏日晚出廠房
路上腳踏車濟甲若狗蟻
若是續落加班到深夜
配著窗外月光睏佇遐
線上骨力雙手一直動
厝內經濟有向望我就有好眠夢

時代的齒輪一直紡
阮的青春紡做白頭鬃
查某囡讀冊毋免讓別人

咱若有夢想著毋通放
回看行過的酸甘苦甜
啊～風停浪靜彩霞滿天

由陳珍儀譜曲
入選《南面而歌》出版CD

女工的心聲

海浪翻滾海風凍
海上孤帆前途茫茫
想要繼續讀書須讓兄
借身份證才足齡做女工
線上緊張雙手一直動
我是線上小螺絲缺我不行

黃昏日落走出廠房
路上腳踏車多如螞蟻
若是連接加班到深夜
窗外月光伴我疲累身心
線上努力雙手一直動
家裡經濟改善我好入夢

時代的齒輪一直轉
我的青春轉成銀髮絲
女孩讀書不用再讓
若有夢想絕不能放

回看一路的酸甜苦澀

啊～風停浪靜彩霞滿天

解密
──鳳山無線電信所的四季

秋天的柑紅金彩

　　有特殊歷史痕跡的建築物

　　2010年認定是國定古蹟

　　雖然為伊換新衫

　　神秘的懸壁鐵線網仔內

　　到底是藏啥物

　　顯影藥水　踅～踅～踅～

　　一層一層寶貴的記持浮（Phū）出來

　　時間會予事件褪色

　　時間無法度抹消歷史

春天的奢颺

　　日本海軍鳳山無線電信所

　　佮日本東京共規格的設計

　　雙同心圓的園區特殊

　　先進的無線電技術設備

　　藏佇銅牆鐵壁大碉堡內

　　厝頂種著花草掩崁起來

十字電台向南洋海上的軍艦
發出帝國主義野心的密碼

冬天的險惡迥（thàng）骨
　海軍鳳山來賓招待所
　真濟人毋知為何來到遮
　長官掛著「恐共」的目鏡
　看著鳥影就放銃
　驕傲的大碉堡煞變成「山洞」
　一間2坪關8个人的烏暗牢
　毋知明仔載閣看會著日光未？
　變態的人性強欺弱來消敨（tháu）
　懸牆壁邊挖窟仔埋葬屍體
　厝內的人攏無法度收屍
　冤魂佇園區四界傱（tsông）
　袂落雪的鳳山
　罩佇白色堅凍的氣候內

夏天的火熱鍛鍊
　海軍明德訓練班
　問題份子啥人決定
　長官講一伊毋敢講兩
　惡質的管訓害人命
　佳哉軍中人權出頭轉「輔導」
　才有心命倒轉去厝內底

佇曠闊安靜的庭園（(tîng-uân)
我猶原聽到電報的音訊
‧‧‧　－－－　‧‧‧（SOS）
（滴滴滴‧答答答‧滴滴滴）
－　‧－‧　‧‧－　－　‧‧‧‧（TRUTH）
（答‧滴答滴‧滴滴答‧答‧滴滴滴滴）
空氣中透濫著
無仝時期的聲波
跳出錯亂的四季旋律

2021.06

解密
——鳳山無線電信所的四季

秋天的鮮紅色彩

　　特殊歷史痕跡的建築物

　　2010年認定是國定古蹟

　　雖然重新粉刷牆面

　　神秘的高牆鐵線網內

　　仍引人探尋

　　顯影藥水　轉啊轉

　　一層一層寶貴的影像浮現

　　時間會使事件褪色

　　時間無法抹掉歷史

春天的飛揚

　　日本海軍鳳山無線電信所

　　與日本東京同規格的設計

　　雙同心圓的特殊園區

　　先進的無線電技術設備

　　藏在銅牆鐵壁大碉堡內

　　堡頂種著花草掩覆

十字電台向南洋海上的軍艦
發出帝國主義野心的密碼

冬天的險惡穿骨
　海軍鳳山來賓招待所
　許多人不知為何被帶到此
　長官掛著「恐共」的墨鏡
　看到黑影就開槍
　驕傲的大碉堡竟變成「山洞」
　一間2坪關8個人的黑牢
　不知是否還有明日？
　變態的人性強欺弱來發洩
　高牆邊挖洞埋葬屍體
　家人無法得知及收屍
　冤魂在園區四處流竄
　不可能下雪的鳳山
　籠罩在白色冰庫內

夏天的火辣鍛鍊
　海軍明德訓練班
　問題份子誰決定
　長官說一他不敢說二
　惡質的管訓害人命
　好在軍中人權漸出頭
　才能拖存殘命回家

在廣闊安靜的庭園
我仍聽到電報的音訊
・・・　－－－　・・・　（SOS）
（滴滴滴・答答答・滴滴滴）
－　・－・　・・－　－　・・・・（TRUTH）
（答・滴答滴・滴滴答・答・滴滴滴滴）
空氣中交織著
不同時期的聲波
跳出錯亂的四季旋律

無線的記持

（歌詞版）

──鳳山無線電信所

－　・－・　・・－　－　・・・・（TRUTH）

－　・－・　・・－　－　・・・・

（達　滴達滴　滴滴達　達　滴滴滴滴）

一個基地留下一个時代的記持

十字建築內暗藏機關解密

每日走揣佇藍天白雲內

電波的消息

發出只有己方知影的暗語

一切攏是為著

改變世界的心機

辦公室煞變成招待所

一間一間窄窄閣暗烏

伊的身世綴著歷史來反頁

招待著無法度為自由發聲的鳥隻

強烈的心波peh秧過

四周圍的懸壁
害厝內驚惶找無影跡

聲波心波　心波聲波
‧‧‧　－－－　‧‧‧　（SOS）
－　‧-‧　‧‧－　－　‧‧‧
猶佇抹舊漆新的建物間踅來踅去
無線的記持
盤過長長的時光磅空，敢有暗語
欲來共咱講啥物？

放袂記的話語
──2022向228未亡人致敬

硞！硞！硞！
銃子射倒恁翁婿的身軀
銃聲震破恁平靜的生活
心底有破空
聲喉被切斷
話語鎖佇烏暗的厢仔內

本是歡喜嫁著好翁婿
哪知變成有計畫屠殺的對象
理由是「菁英知識分子可能會反抗」
無予人辯解的機會

狂人獨裁者挓落不義的種子
壓制佇塗跤底50偌冬
恁變成孤鳥
咬喙齒根晟養序細

枉屈的種子終會發（puh）穎
向有日頭光的土地
向來去自由的風
討回公道

這馬咱逐冬紀念228
是欲提醒獨裁者
毋通
為著虛妄的名聲，苦毒無辜的百姓
只有真相才會得予傷痕堅疕（phí）

2022.02

遺忘的話語
──2022向228未亡人致敬

砰！砰！砰！
子彈射倒妳們依靠的身體
槍聲震破妳們平靜的生活
心底有破洞
聲帶被切斷
話語鎖在黑暗的抽屜

本是歡喜嫁著好郎君
哪知變成有計畫屠殺的對象
理由是「菁英知識分子會反抗」
毫無辯解的機會

狂人獨裁者種下不義種籽
壓制在地底下50多歲月
妳們變成孤鳥
咬緊牙根飼養兒女

冤屈的種籽終會發芽
向有陽光的土地
向來去自由的風
討回公道

現在我們每年紀念228
是要提醒獨裁者
不可
為了虛妄名聲，荼毒無辜百姓
只有真相才能使傷口結疤

自由的天

人民廣場
烏克蘭的國歌響起
「絕不允准敵人控制咱的土地
　獻出靈魂佮肉體
　為著得到咱的自由
　……」
歌聲振奮逐個人民的心
澹濕全球柔軟的目睭

百萬的老人囡仔逃離家鄉
為著保留「自由戰士」的命脈
人道走廊獨行的查埔囡仔
佇機場抓牢阿母衫仔尾的查某囡仔
個知影
個攏知影
勇敢的戰士猶留守佇國土
保衛自由的藍天

咱要發出日頭的光
將烏暗的露珠蒸發

烏克蘭的國歌再度響起
我有一絲絲仔哀傷
若是有一工
咱欲唱的歌佇陀位？

2022.03

自由的天空

人民廣場
烏克蘭的國歌響起
「絕不允許敵人控制我們的土地
　　獻出靈魂與肉體
　　為了得到我們的自由
　　……」
歌聲振奮每個人民的心
潤濕全球柔軟的眼

百萬的婦孺老幼逃離家鄉
為保留「自由戰士」的命脈
人道走廊獨行的小男孩
機場緊抓媽媽衣角的小女孩
他們知道
她們知道
勇敢的戰士仍留守國土
保衛自由的天空

讓我們發出朝陽的光
將黑暗的露珠蒸發

烏克蘭的國歌再度響起
我有絲絲的哀傷
如果有那一天
我們的歌在哪裡？

廣場上109空空的搖囡仔車

曾經倚著甜甜的睏面
曾經放送響亮的哭聲
曾經擘（peh）著好奇的目睭
曾經睨（gîn）著猛掠的狗仔
曾經對著來來去去的人微笑
曾經貯（té）滿序大人的期待

突然間爆發的戰火
帶走這……一切
空氣中充滿著
哀傷
控訴

2022.03

廣場上109空嬰兒推車

曾經貼著甜睡的臉頰
曾經搖晃響亮的哭聲
曾經睜著好奇的眼光
曾經瞪著敏捷的貓狗
曾經對著來往的人微笑
曾經裝滿父母的期待

突來的戰火
帶走這……一切
空氣中瀰漫著
哀傷
控訴

勝利日

是啥人的勝利？
納粹的鬼魂！
77年前德國納粹投降矣
貴國保持民族獨裁到今
這馬幻覺受威脅
辮（pīnn）一頂納粹懸帽仔予對方

來看你的戰果
74天的轟炸
炸學校炸病院炸徛家
幾若個主要城市來報銷
1100萬外人變災民
16萬外人死亡
閣有真濟人陷落地獄
我看到納粹的鬼影
給你箍牢牢

全世界攏咧看你的勝利日閱兵
聽著獨裁者制式宣言
是矣　你猶有意外的戰績
世界大多數國家的經濟制裁
促成北約與歐盟的大團結
當民主國家浮游在藍色大海
你為何猶閣死守「紅場」

2022.05.09

註：蘇俄佇每冬的5/9慶祝第二次大戰德國投降的勝利日。

勝利日

是誰的勝利？
納粹的鬼魂！
77年前德國納粹投降了
貴國保持民族獨裁至今
現在因幻覺威脅
編了一頂納粹高帽給對方

看看你的戰果
74天的轟炸
炸學校炸醫院炸民宅
幾個主要城市成廢墟
1100萬人成難民
16萬多人死亡
還有許多陷於煉獄的人
我看到納粹的魅影
緊緊箍住你

全世界都在看你的勝利日閱兵
聽著獨裁者制式宣言
是的　你還有意外戰績
世界大多數國家的經濟制裁
促成北約與歐盟的大團結
當民主國家悠游在藍色大海
你為何還死守「紅場」

罩袍的喃喃自語

一提起我的名
Burqa　Abaya
烏色長袍　只賰目睭的模樣
連鞭出現佇恁的頭殼內
予恁想到三K黨
想到袂當暴露身分的搶匪

我只是予人變弄的傀儡
父權集權主義者為擴展上大權益
將我變成婦女的咒箍
禁止女性受教育、工作、娛樂
崁牢伊會當發展的能力
伊干焦屬於家庭
家庭內上無地位的人
男性才會得到自卑的滋養

伊已經共我當作「金鐘罩」
除了對宗教的虔敬

無共我崁牢咧敢若無穿衫仔褲
查埔人無站無節的眼神共穢涗（uè-suè）話
予人指控引誘男性惡質的性慾
予伊被鞭打被處死刑

佇自由的伊斯蘭領域（hik）
我被縮小成一條頭巾
予時尚界甲意
予我變化的色彩佮STYLE
會使自由展現女性的特色

啊！向望佇自由的國土
會當盡力發展才能的女性
按怎才會予我變較輕爽
攬抱想欲展翅的伊

2022.04

罩袍的喃喃自語

一提到我的名字
Burqa　Abaya
黑色長袍　只露眼睛的樣子
馬上顯現在你們腦中
使你想到三K黨
想到不能暴露身分的搶匪

我只是被擺佈的傀儡
父權集權主義者為擴張其極大權益
將它變成婦女的金剛箍
禁止女性受教育、工作、娛樂
罩住她所有能發展的能力
她只屬於家庭
家庭中最沒地位的一員
他男性的自卑才得到滋養

她已將我當成金鐘罩
除對宗教的虔敬

沒罩上我這黑袍猶如沒穿衣服
男人肆無忌憚的眼神及穢言
被指控誘發男性劣根慾求
讓她被鞭打被處死刑

在自由的伊斯蘭領域
我被縮小成一條頭巾
被時尚界青睞
給我百變的色彩與STYE
可以自由展現她的本色

啊！嚮往在自由的國界
能盡力發展才能的她
怎樣才可以讓我變得輕盈
擁抱想要飛翔的她

含笑詩叢22　PG2824

 唸予阿母聽的詩
　　　——謝碧修台語詩集

作　　者	謝碧修
責任編輯	楊岱晴
圖文排版	陳彥妏
封面設計	陳香穎

出版策劃	釀出版
製作發行	秀威資訊科技股份有限公司
	114 台北市內湖區瑞光路76巷65號1樓
	電話：+886-2-2796-3638　傳真：+886-2-2796-1377
	服務信箱：service@showwe.com.tw
	http://www.showwe.com.tw
郵政劃撥	19563868　戶名：秀威資訊科技股份有限公司
展售門市	國家書店【松江門市】
	104 台北市中山區松江路209號1樓
	電話：+886-2-2518-0207　傳真：+886-2-2518-0778
網路訂購	秀威網路書店：https://store.showwe.tw
	國家網路書店：https://www.govbooks.com.tw
法律顧問	毛國樑　律師
總 經 銷	聯合發行股份有限公司
	231新北市新店區寶橋路235巷6弄6號4F
	電話：+886-2-2917-8022　傳真：+886-2-2915-6275

出版日期	2022年9月　BOD一版
定　　價	220元

讀者回函卡

國家圖書館出版品預行編目

唸予阿母聽的詩：謝碧修台語詩集/謝碧修著. --
一版. -- 臺北市：釀出版, 2022.09
　　面；　公分
BOD版
ISBN 978-986-445-719-9(平裝)

863.51　　　　　　　　　　　111012863